Die Autorin Sibylle Rieckhoff, geboren 1955, studierte an der Fachhochschule Hamburg Illustration und arbeitete mehrere Jahre als Art-Directorin in einer Werbeagentur. Seit 1991 ist sie selbständig.

Der Illustrator Jürgen Rieckhoff, Jahrgang 1953, studierte an der Fachhochschule Hamburg Illustration und Kommunikationsdesign. Seit 1984 ist er als freier Illustrator und Cartoonist für die Werbung sowie Buch- und Zeitschriftenverlage tätig. Seit 1995 ist er zudem Professor für Zeichnen an der Hochschule Anhalt (FH)/Dessau. Das Ehepaar lebt mit seiner kleinen Tochter in Hamburg.

Von Sibylle und Jürgen Rieckhoff ist im Baumhaus Verlag außerdem erschienen:
Heinrich der Löwe
Johanna und die Einladung
Johanna auf Sylt
Max von da oben
Max und Elsie

Die Deutsche Bibliothek – CIP-Einheitsaufnahme
Ein Titeldatensatz für diese Publikation ist bei
Der Deutschen Bibliothek erhältlich.
ISBN 3-909484-63-8

© 2001 by Baumhaus Medien AG Frankfurt – Zürich

Lektorat: Sabine Conrad
Lithos: Photolitho, Gossau/Zürich
Printed in Belgium by Proost, Turnhout

Gesamtverzeichnis schickt gern: Baumhaus Medien AG,
Seelenberger Straße 4, D-60489 Frankfurt am Main
http://www.baumhaus-ag.de

5 4 3 2 1 01 02 03 04 2005

ICH!

...sagte Heinrich

Sibylle und Jürgen Rieckhoff

BAUMHAUS
VERLAG

Heinrich war ein hübsches kleines Löwenkind.
Er hatte eine liebevolle Löwenmama
und einen gütigen und weisen Löwenpapa.
Außerdem hatte er noch acht Geschwister.

Eigentlich hätte Heinrich rundum zufrieden sein können . . .

Aber das war er leider nicht immer.

An einem besonders schönen Frühsommertag
langweilte sich Heinrich wieder mal schrecklich.
„Ich weiß nicht, was ich tun soll", nörgelte er. „Es ist
langweilig. Keiner spielt mit mir. Ich habe schlechte Laune!"
Und er tat sich selber Leid.
„Mach nicht so ein Gesicht!", ermahnte der Vater ihn.
„Du bist ein prachtvoller Löwe. Vergiss das nie!"
Die Mutter kitzelte ihren Kleinen aufmunternd
mit der Schwanzspitze: „Warum machst du nicht
einfach was Schönes?"

Das hätte Heinrich ja gerne getan. Nur was? Und mit wem?
Seine Geschwister waren auch nicht immer nur lustig.
Und wenn Heinrich schlechte Laune hatte, wollten sie
nichts mit ihm zu tun haben.
So fasste Heinrich einen Entschluss: „Ich brauche Freunde."
Das war's! Freunde, die gern mit ihm spielten.
Die ihn verstanden und bewunderten. Bedingungslos.
Erwartungsvoll machte sich Heinrich auf den Weg.

Als Heinrich das Chamäleon traf, war er zunächst etwas unsicher.
Bisher waren sich die beiden eher aus dem Weg gegangen.
Aber man konnte es ja mal versuchen. „Wollen wir etwas
zusammen unternehmen?", fragte Heinrich höflich.
Das Chamäleon guckte ihn zweifelnd an: „Ich weiß nicht recht.
Sind wir nicht ein bisschen sehr verschieden?"
„Das kann man ja ändern", sagte Heinrich. „Du machst dich
ein wenig größer und ich verändere meine Farbe."
„Kannst du das?", fragte das Chamäleon misstrauisch.

„Pah!", prahlte Heinrich. „ICH kann alles, was ich will!"
Dann atmete er tief ein und hielt so lange die Luft an,
bis er rot anlief. Das Chamäleon sah interessiert zu
und rief: „Gut, gut, und jetzt bitte grün!"
Heinrich atmete erstmal aus. Na schön. Er musste ja
auch nicht den Erstbesten zum Freund nehmen,
der ihm über den Weg lief.

Die Antilopen-Schwestern bewunderte Heinrich schon lange
heimlich. Sie waren so anmutig und schön und er hätte
für sein Leben gern mit ihnen gespielt. Aber wie sprach man
so scheue Gestalten bloß an? Heinrich versuchte es lässig.
„Hallo, Mädels!", sagte er und zwinkerte mit einem Auge.
„ICH bin da, Heinrich!"
Die Antilopen grasten ungerührt weiter. Soso, die wollen also
beeindruckt werden, dachte Heinrich und machte
einen perfekten einpfotigen Handstand. Die Antilopen
warfen ihm nur einen kurzen Blick zu und grasten weiter.
„Versuchen wir es mal mit einem Lied!" Heinrich legte den Kopf
in den Nacken und heulte los, so laut und schön er konnte.
Doch offenbar hatte er nicht den richtigen Ton getroffen.

Heinrich schaute den davoneilenden Antilopen enttäuscht hinterher
und murmelte: „So hübsch und so langweilig . . ."

Die Springmäuse waren eigentlich ein bisschen zu klein für Heinrich,
aber allemal besser als gar nichts. Und lustig waren sie auch.
„Wir spielen Springen, wie jeden Tag", riefen sie munter.
„Wenn du Lust hast, kannst du mitmachen!"
Heinrich sagte energisch: „Eigentlich bestimme ICH,
was gespielt wird. Aber ich will mal nicht so sein.
Jetzt zeige ich euch, was ein wirklich guter Springer ist."
Die Mäuse kicherten und klatschten begeistert Beifall:
„Bravo, noch mal, noch höher!"
Und Heinrich hüpfte und sprang, bis er völlig erschöpft war.
Die Mäuse fanden ihn unglaublich komisch,
aber das war nicht das, was Heinrich gewollt hatte.
„Weg mit euch!", fauchte er beleidigt. „Spielt doch allein,
wenn ihr keinen Respekt vor einem Löwen habt!"

Bei den Giraffen wollte Heinrich die Verhältnisse
von Anfang an klären. Und so rief er mit lauter Stimme:
   „ICH bin der König der Tiere,
      und ICH befehle euch mit mir zu spielen!"
Mutter Giraffe schaute ihn strafend an und sagte ruhig:
   „In dem Ton schon mal gar nicht.
      Stell dich hinten an, wie alle anderen auch!"

Na ja, genau genommen fand Heinrich ihr Spiel
   sowieso ein bisschen albern.

An einem See entdeckte Heinrich eine Gruppe badender Nilpferde. Sie planschten und prusteten und machten einen sehr fröhlichen Eindruck. „Komm rein, wenn du dich traust!", rief eines von ihnen. Heinrich hörte wohl nicht recht.

„ICH traue mich immer!", erwiderte er und sprang mit einem tollkühnen Satz ins Wasser. Doch das hätte er besser nicht getan, denn Schwimmen hatte Heinrich bisher noch nicht gelernt. Er strampelte und zappelte und schnappte nach Luft, bis eine dicke Nilpferddame ihn packte und am sicheren Ufer absetzte. Gutmütig grinsend sagte sie: „Große Klappe und nichts dahinter, wie?" Dann wackelte sie ins Wasser zurück und schwamm mit einer bemerkenswerten Leichtigkeit davon.

Es dauerte lange, bis Heinrich wieder trocken war.
Und er wünschte, er wäre weit weit weg.

Und weil er so schnell wie möglich weg wollte, stolperte Heinrich zu allem Unglück auch noch über die Schildkröte. Gemächlich schob diese ihren Kopf unter dem Panzer hervor und fragte freundlich: „Wie wäre es mit *Entschuldigung*?" Das war doch der Gipfel! Heinrich holte tief Luft und sagte empört: „ICH soll mich entschuldigen, weil du im Weg gelegen hast? Was hast du hier eigentlich zu suchen?"

Die Schildkröte zeigte Heinrich deutlich, was sie von ihm hielt,
und meinte ärgerlich: „SO machst du dir keine Freunde,
das kannst du mir glauben."

Nun reichte es. Für heute hatte Heinrich die Nase voll
von guten Ratschlägen und er wollte lieber wieder
nach Hause zurück.

Auf dem Heimweg stand Heinrich plötzlich
dem jungen Tiger gegenüber. Man könnte es ja
noch ein letztes Mal versuchen, dachte Heinrich und fragte:
„Wollen wir was zusammen machen?"
Der Tiger schaute Heinrich hochnäsig an und erklärte:
„ICH bin ein prächtiger Tiger. ICH laufe am schnellsten,
ICH springe am weitesten, ICH habe die schönsten Streifen
und ICH gebe mich nur mit jemandem ab,
der genauso toll ist wie ICH!"
Ungläubig starrte Heinrich zurück und sagte:
„Und ICH bin allergisch gegen Angeber!"

Kopfschüttelnd machte er sich wieder auf den Weg.
Was es alles gab . . .

„Schön, dass du wieder da bist, Heinrich!", sagte die Löwenmama
und leckte ihm liebevoll über die Nase. Heinrich schnurrte
vor Wonne. „Weißt du, Mama, Freunde zu finden ist nicht
so einfach. Heute hat es noch nicht so gut geklappt."
„Du bist ein Löwe, mein Sohn", sagte der Vater belehrend.
„Einem Löwen begegnet man mit Ehrfurcht und Respekt.
Mit einem Löwen spielen zu dürfen ist für jedes Tier
eine große Ehre!"
„Ich weiß", murmelte Heinrich schläfrig. „Ich glaube,
die anderen wissen es nur nicht."

„Besuch für dich, Heinrich!", rief die Löwenmama am nächsten Morgen erstaunt. Den Geschwistern blieb vor Neugier der Mund offen stehen und Heinrich traute seinen Augen nicht.

Vor ihm stand ein kleines Nilpferdmädchen
und nuschelte verlegen: „Hallo, ich hab dich gestern gesehen.
Ich dachte, ich bring dir heute mal das Schwimmen bei.
Und du zeigst mir dafür was anderes Schönes."
„Au ja", sagte Heinrich und lächelte glücklich.
„WIR werden bestimmt viel Spaß zusammen haben."